Publicado originalmente por Anno Domini Publishing LTD, England

Diagramação: Assisnet Design Gráfico
Fontes: Myriad Pro e Myriad Std
Papel: Offset 80 g/m² (miolo)

Dados Internacionais de Catalogação na Publicação (CIP)
(Câmara Brasileira do Livro, SP, Brasil)

Minha primeira Bíblia / Leena Lane; traduzido por David Araújo; ilustrado por Graham Round. — São Paulo: Mundo Cristão, 2013.

Título original: My Bedtime Bible
ISBN 978-85-7325-878-3

1. Bíblia - Literatura infantojuvenil 2. Histórias bíblicas 3. Literatura infantojuvenil I. Título.

13-03551 CDD-028.5

Índice para catálogo sistemático:
1. Histórias bíblicas : Literatura infantojuvenil 028.5
2. Histórias bíblicas : Literatura juvenil 028.5
Categoria: Infantil

Publicado no Brasil com todos os direitos reservados por:
Editora Mundo Cristão
Rua Antônio Carlos Tacconi, 79, São Paulo, SP, Brasil, CEP 04810-020
Telefone: (11) 2127-4147
www.mundocristao.com.br

1ª edição: agosto de 2013
1ª reimpressão: 2018
Printed in China / Impresso na China

MINHA PRIMEIRA

BÍBLIA

Escrito por Leena Lane
Ilustrado por Graham Round
Traduzido por David Araújo

De:

____

Para:

____

Data:

05/03/2019
____

Antigo Testamento

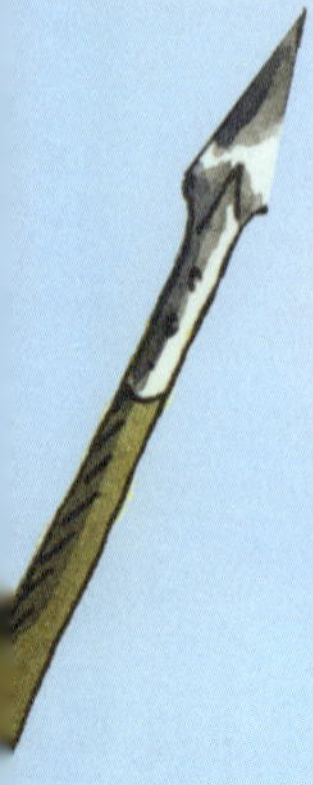

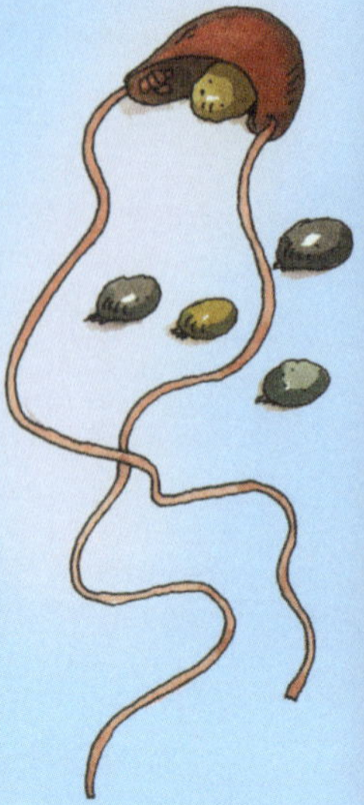

Novo Testamento

UM MUNDO BONITO

No começo de tudo, o mundo era escuro e vazio.

Então, Deus ordenou:

— Que apareça a luz!

A luz surgiu e Deus ficou feliz com o que viu. Ele criou o dia e a noite, para separar a luz da escuridão.

Deus criou o céu acima da Terra. Ele criou montanhas e vales gigantescos, e também pequenos montes. Ele fez o mar azul e profundo.

Deus criou as plantas, as flores e as árvores, com frutas deliciosas, com folhas e com espinhos. Também criou o trigo, a cevada e a aveia.

Deus criou as estrelas no céu e os planetas. Criou o Sol muito quente e a Lua prateada.

Então, chegou o momento mais emocionante! Deus encheu o mar com peixes escorregadios e brilhantes, e o ar com pássaros que tagarelavam e cantavam! Deus criou animais que pulavam, rastejavam, subiam e desciam por toda a Terra.

Ele criou tigres listrados e macacos bochechudos, elefantes pesadões com longas trombas e sapos com grandes olhos, que não paravam de coachar!

Deus ficou feliz com tudo o que havia criado. Tudo era bom.

— Agora vou criar os seres humanos — Deus disse. — Eles vão cuidar do mundo que criei e todos os animais. Eles vão comer as frutas saborosas e colher os grãos nos campos.

Deus criou o primeiro homem, chamado Adão, e uma mulher, chamada Eva, para ser amiga e ajudar Adão.

As pessoas que Deus criou podiam pensar e sentir, amar e ser amadas, do mesmo jeito que o próprio Deus. Elas eram amigas de Deus.

Deus queria que elas gostassem do mundo que ele tinha criado. Queria que elas fossem felizes. Deus amava muito as pessoas. Ele tinha feito um jardim lindo, chamado Éden, para que elas vivessem nele.

Deus olhou para tudo o que havia feito e ficou feliz com sua criação. Era um mundo bom.

O INIMIGO NO JARDIM

Adão e Eva viviam felizes naquele lindo jardim, cheio de frutas e de outros vegetais deliciosos. Eles podiam comer o que quisessem, menos de uma grande árvore que havia bem no meio do jardim. Deus disse a Adão e Eva:

— Esta é a árvore do conhecimento do bem e do mal. Vocês não devem comer dessa fruta. Se fizerem isso, vocês vão morrer.

Um dia, o inimigo de Deus entrou no jardim. Ele queria estragar tudo o que Deus tinha criado e planejado. Então, ele rastejou até Eva e disse, baixinho:

— Deus mentiu
quando falou da árvore. Vocês
não vão morrer se comerem dessa fruta. Em
vez disso, vão se tornar tão poderosos quanto Deus!
E vão saber tudo o que ele sabe!

Eva olhou para a árvore. A fruta parecia tão deliciosa... Então, ela pegou uma fruta e deu uma grande mordida. E também deu um pedaço a Adão.

De repente, eles perceberam o que tinham feito.

Eles não se
sentiam mais do mesmo jeito.

Tudo estava estragado. Eles tinham desobedecido a Deus.

Então, Adão e Eva fizeram roupas de folhas de figueira e se esconderam.

Mais tarde, Deus foi ao jardim falar com seus amigos e os chamou.

— Onde vocês estão?

Mas Adão e Eva estavam com medo de falar com Deus. Eles se sentiam culpados por terem desobedecido. Até tentaram jogar a culpa um no outro!

Deus ficou muito triste.

— Vocês não confiaram em mim — Deus disse — e, por causa disso, vão ter de sair deste lindo jardim. Não podemos mais andar e conversar como amigos.

Então, Adão e Eva saíram do jardim. E nunca mais voltaram.

A ARCA DE NOÉ

Deus estava triste. O belo mundo que ele tinha criado estava estragado. As pessoas roubavam e machucavam umas às outras.

Só havia um homem bom. Seu nome era Noé. Ele tinha uma esposa e três filhos adultos: Sem, Cam e Jafé.

Deus disse a Noé:

— Em breve, vai haver um dilúvio que cobrirá a Terra! Mas vou salvar você e sua família, Noé. Construa um grande barco de madeira. Faça-o com três andares e com uma porta.

— Cubra-o com piche para não deixar a água entrar. Vai ser um barco enorme.

— Coloque toda sua família e um par de cada tipo de animal dentro do barco. Também coloque bastante comida para sua família e para todos os animais.

Noé fez exatamente como Deus havia dito. Ele construiu um grande barco. Levou muitos anos para construir e, nesse tempo, as pessoas da vizinhança riram muito de Noé. Afinal, por que alguém iria construir um barco, uma arca, tão longe do mar?

Quando o barco ficou pronto, Noé e sua família entraram nele, junto com um macho e uma fêmea de cada tipo de animal.

Deus, então, fechou a porta da arca.

E a chuva começou. Primeiro, as grandes gotas caíram no teto do barco, soando como tambores. E os riachos viraram rios, e os rios viraram mares. Em pouco tempo, a única coisa que se via por todos os lados era água. A arca de Noé flutuava sobre as águas.

Noé e sua família observavam e esperavam. Eles sabiam que estavam a salvo dentro da arca.

CHUVA, CHUVA... E MAIS CHUVA

Choveu, choveu e choveu. Choveu como nunca havia chovido antes. A Terra ficou inundada. Não sobrou nada para ver. Árvores, casas, pessoas, campos... tudo foi coberto pela água.

Noé e os animais estavam a salvo, no barco. Havia comida suficiente para um longo tempo.

— Quando será que a chuva vai parar? — perguntou um dos filhos de Noé. — Com certeza, não vai chover durante muito tempo!

Mas a chuva
durou 40 dias e 40
noites. Então, Deus fez um vento
forte soprar e a água começou a baixar
bem, mas bem, mas bem devagar mesmo. Demorou
150 dias para a água baixar e aparecer a terra,
encharcada.

Noé esperou até que o barco encalhasse em um pedaço de terra. No início, não havia nada para ver. Era só água por todos os lados. Então, os picos das montanhas apareceram.

Noé deixou um corvo sair do barco. Ele voou por todos os lados, até que a água baixasse. Noé também deixou uma pomba sair do barco, mas ela não encontrou nenhum lugar para pousar e voltou para Noé. Uma semana depois, Noé soltou novamente a pomba. Desta vez, ela voltou com um galhinho de oliveira no bico. Ela tinha encontrado uma árvore!

Enfim, Deus chamou Noé, dizendo:

— Você, sua família e todos os animais podem sair da arca. Que os animais voltem a encher a terra. Tenham filhos, e povoem novamente a Terra!

Deus colocou no céu um grande arco com faixas coloridas de vermelho, laranja, amarelo, verde, azul, índigo e violeta, o primeiro arco-íris! Noé e sua família nunca haviam visto algo tão maravilhoso.

— O arco-íris é um sinal da minha promessa — Deus declarou. — A Terra nunca mais será destruída por um dilúvio. Eu faço essa promessa a você e a tudo o que é vivo na Terra.

A CASA NOVA DE ABRÃO

Muitos anos depois da época de Noé, quando as pessoas tinham recomeçado a viver na Terra e construir sua casa, Deus falou com um homem chamado Abrão.

— Eu quero que você deixe sua casa e sua terra. Deixe para trás as pessoas com quem você cresceu e a terra que pertenceu ao seu pai. Eu quero que você vá para a terra que vou mostrar. Eu vou abençoá-lo e criar uma grande nação a partir de sua família.

Abrão confiou em Deus. Ele já não era jovem: tinha 75 anos. Mas Abrão se aprontou e partiu com sua esposa, Sarai, e com seu sobrinho, Ló.

Eles tinham muitos servos e muitos camelos, jumentos, ovelhas e cabras. Eles arrumaram tudo o que tinham e começaram sua grande jornada. Não sabiam para onde estavam indo nem quanto tempo viajariam, mas Abrão confiava que Deus o levaria para uma terra em que ele pudesse construir seu lar.

Deus os levou para a terra de Canaã, um lugar bonito e bom para plantar e criar seus rebanhos de ovelhas e cabras.

Eles passaram por um lugar sagrado chamado Siquém, onde havia uma árvore especial chamada Moré.

— Esta é a terra que darei a você e a seu povo — Deus falou a Abrão.

Ali, Abrão construiu um altar para agradecer a Deus por seu novo lar.

Ele continuou indo para o sul, em direção às montanhas perto de Betel, e colocou suas tendas lá.

UM PRESENTE DE DEUS

Abrão acreditou na promessa de Deus de abençoá-lo, mas ele e sua esposa, Sarai, ainda não tinham filhos.

— Olhe as estrelas e tente contar quantas são! — Deus disse a Abrão. — Você vai ter muitos descendentes... tantos quanto as estrelas do céu!

Deus mudou o nome de Abrão para Abraão e de Sarai para Sara, como um sinal de que iria dar um filho a eles.

Um dia, Abraão
viu três homens chegando.

— Vou trazer um pouco de água! — disse ele. — Venham, descansem um pouquinho. Também vou trazer comida para vocês.

Abraão correu para encontrar Sara.

— Depressa! Temos visitas! — ele disse. — Precisamos fazer pão! — E Abraão correu para achar o melhor novilho de seu rebanho e pediu que um servo o preparasse. Quando estava pronto, ele levou a comida e serviu seus visitantes.

— Onde está Sara? — perguntou um dos homens.

— Ela ainda está na tenda — respondeu Abraão.

— Daqui a nove meses ela estará cuidando de seu filho — disse o visitante.

Então, Abraão percebeu que os homens tinham sido enviados por Deus.

Sara riu daquilo.

— Estou velha demais para isso! — ela disse, baixinho.

Mas Deus estava ouvindo.

— Existe alguma coisa muito difícil pra mim? — ele disse. — Sara vai mesmo ter um filho!

E aconteceu: nove meses depois, Sara teve um filho: Isaque.

Isaque trouxe grande alegria aos pais. Ele foi um verdadeiro presente de Deus.

Isaque cresceu e se casou com uma linda garota chamada Rebeca. Eles tiveram gêmeos, Esaú e Jacó. Abraão era um avô orgulhoso! Deus manteve sua promessa. A nova nação havia começado.

JACÓ ENGANA SEU PAI

Esaú e Jacó, os filhos gêmeos de Isaque, davam muito trabalho!

Até quando estavam dentro da barriga da mãe eles ficavam pulando e brigando um com o outro!

Esaú nasceu primeiro. Ele era ruivo e muito peludo. Ele cresceu gostando de caçar e de ficar ao ar livre. Jacó nasceu logo depois, agarrado no calcanhar do irmão! Jacó tinha a pele lisa. Ele preferia ficar em casa, com sua mãe, Rebeca.

Esaú era o preferido do pai. Como havia nascido primeiro, tinha o direito de ganhar a bênção especial de seu pai, e tudo o que ele tinha. Mas Rebeca gostava mais de Jacó.

Um dia, Esaú voltou da caçada com muita fome.

— Me dá um pouco dessa sopa! — ele pediu ao irmão Jacó.

Jacó pensou rapidamente:

— Só se você me der seus direitos por ter nascido primeiro!

— Ah, tá bom! Dá logo essa sopa! — disse Esaú.

Jacó sorriu. Agora, ele é que ganharia a bênção especial!

Isaque envelheceu e, com o tempo, ficou cego. Um dia, ele chamou seu filho Esaú.

— Esaú, estou velho. Posso morrer logo. Vá caçar e me prepare um pouco daquela comida deliciosa. Depois, vou dar a você minha bênção especial.

Rebeca estava ouvindo, perto da entrada da tenda. Logo que Esaú saiu para caçar, ela ajudou Jacó a enganar seu pai.

Ela preparou a comida predileta de Isaque, e vestiu Jacó com as roupas de Esaú. Ela amarrou pele de cabra nos braços de Jacó, para que ele parecesse peludo como o irmão.

Agora, Jacó cheirava como Esaú e parecia com Esaú.

Jacó foi até seu pai com a comida preparada por Rebeca. Isaque acreditou que era Esaú e deu a Jacó sua bênção especial.

Logo depois, Esaú voltou da caçada, com um jantar delicioso para seu pai.

— Quem é você? — perguntou Isaque.

— Sou eu, Esaú! — respondeu o filho peludo.

— Eu fui enganado! — Isaque tremia enquanto falava. — Jacó tomou sua bênção!

Depois disso, Jacó não podia mais ficar com seus pais e seu irmão. Então, foi morar com seu tio Labão, tão longe do zangado Esaú quanto ele pôde!

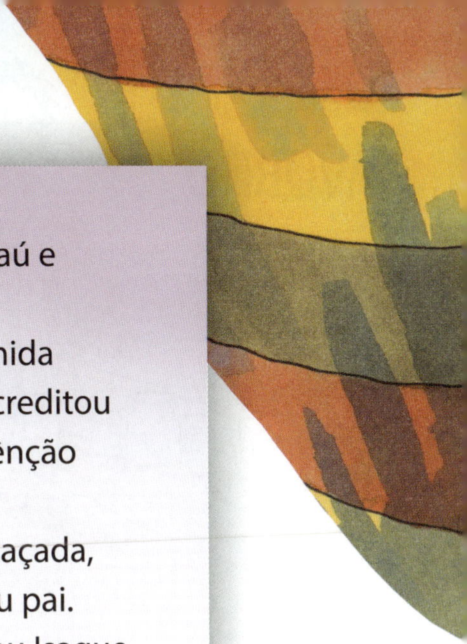

JOSÉ, O FILHO FAVORITO

Jacó se casou e teve muitos filhos: 12 meninos e uma menina. Jacó também juntou um rebanho bem grande de ovelhas e cabras.

Jacó amava todos os filhos, mas um deles era seu favorito: José. Ele era muito especial e Jacó o amava mais do que qualquer um de seus irmãos. Isso fazia José ficar muito feliz, mas seus irmãos tinham muita, muita inveja dele!

Quando Jacó deu a José uma túnica muito bonita, José a colocou e ficou desfilando pra cima e pra baixo, mostrando para seus irmãos como ele ficava bem naquela roupa nova.

— Ei, a gente não ganha também? — seus irmãos resmungaram. — Por que nosso pai o ama mais do que a nós? — E ficavam cada vez mais zangados!

Uma noite, José teve um sonho estranho. No dia seguinte, ele contou o sonho aos irmãos. Mas eles não gostaram do que ouviram!

— Sonhei que estávamos no campo, colhendo trigo. De repente, seus feixes de trigo fizeram um círculo em volta do meu e se curvaram!

— Quer dizer que você acha que vai mandar em nós? — os irmãos disseram. Eles odiaram José. E se uniram contra ele.

Para piorar as coisas, José teve outro sonho estranho. E ele também o descreveu para os irmãos:

— Sonhei que o Sol, a Lua e onze estrelas estavam todos se curvando para mim!

— Ah, de novo não! — seus irmãos disseram. — Quem ele pensa que é?! Agora ele acha que a família inteirinha vai se curvar diante dele?

Os irmãos estavam tão zangados que combinaram se livrar de José. E esperaram pelo momento certo...

UMA CASA NO EGITO

Os irmãos de José tinham um plano para se livrar dele de uma vez por todas. Eles estavam fartos de toda aquela humilhação.

Um dia, quando cuidavam das ovelhas, eles viram José, que vinha atrás deles.

— Lá vem o sonhador! — eles resmungaram. — Vamos matá-lo e jogá-lo nesse poço seco. E depois diremos a nosso pai que um animal selvagem o matou. Ele nunca vai descobrir!

Mas Rúben sabia que aquilo seria muito errado.

Não, não vamos matá-lo — disse Rúben. — Vamos só jogá-lo no poço.

Rúben disse isso porque pensava voltar mais tarde para tirar José do poço.

Então, José chegou junto dos irmãos.

— E aí, tudo bem? — ele perguntou.

Sem nenhum aviso, seus irmãos o agarraram, arrancaram sua túnica e o jogaram no poço.

— Socorro! — gritava José. — O que vocês estão fazendo comigo?

Os irmãos ignoraram seus pedidos de ajuda. Eles se sentaram e, enquanto comiam seu almoço, viram um grupo de mercadores indo para o Egito.

— Vamos vendê-lo aos mercadores! — disseram os irmãos.

José foi vendido como escravo por 20 peças de prata e levado para o Egito.

Os irmãos, então, mataram uma cabra e encharcaram a túnica de José com o sangue dela. Foram até seu pai, Jacó, e mostraram a roupa cheia de sangue.

— Um animal selvagem matou José! — lamentou Jacó. — Meu filho está morto!

Enquanto isso, José estava sendo levado para o Egito. Ele foi vendido para um homem chamado Potifar, um dos oficiais do rei.

Muitos anos depois, os irmãos foram ao Egito esperando comprar comida. Eles não imaginavam que encontrariam José outra vez. Mas, naquele tempo, José tinha se tornado uma das pessoas preferidas

do rei. Até usava um colar de ouro no pescoço!

José descobriu que seus irmãos estavam tristes desde que o tinham vendido. José os perdoou, os abraçou e se reuniu com seu pai.

— O que aconteceu naquele tempo foi uma coisa ruim — ele disse. — Mas Deus cuidou de mim. Agora, estamos todos a salvo.

O BEBÊ NO RIO

Muitos anos haviam passado desde que José tinha morado no Egito. Havia outro rei lá, um rei cruel. Ele fez que os israelitas — os descendentes de Jacó — virassem escravos. O rei queria que eles trabalhassem o dia inteiro debaixo daquele sol quente.

O rei viu que havia milhares de israelitas no Egito. Eram tantos que o rei tinha medo deles.

Então, ele ordenou que seus soldados capturassem todos os meninos recém-nascidos das famílias israelitas e os afogassem no rio Nilo.

A mãe de Miriã escondeu por três meses seu bebezinho, num lugar em que os soldados não poderiam encontrá-lo. Quando ele ficou grande demais para esconder, ela fez uma cesta, cobriu-a com piche para fazê-la boiar e mandou Miriã levá-la até o rio e escondê-la na vegetação.

Miriã ficou observando, de longe.

Quando a filha do rei veio até o rio para se banhar, ela escutou o bebê chorar.

— Um bebê israelita! — a princesa gritou.

Com muita coragem, Miriã correu para falar com ela.

— Quer que eu ache alguém para dar de mamar?

Quando a princesa concordou, Miriã correu para apresentar a princesa para sua própria mãe!

— Cuide do bebê para mim até que cresça o bastante para morar no palácio — disse a princesa. O bebê foi chamado de Moisés. Ele cresceu muito e ficou forte, e morou no palácio real.

DEZ PRAGAS NO EGITO

— Moisés! Moisés! — Deus chamou. — Eu tenho visto a crueldade do rei do Egito com meu povo. Eu tenho ouvido os lamentos dos escravos. Eu vou tirá-los do Egito e levá-los para a terra deles. Eu quero que você fale com o rei do Egito. Diga a ele para deixar meu povo ir embora.

Moisés ficou assustado.

— Mas eu não sou ninguém especial! — disse Moisés. — Por que ele iria me ouvir?

— Eu vou ajudá-lo — disse Deus.

Então, Moisés e seu irmão Arão foram até o rei do Egito.

— O Senhor, Deus de Israel, diz que você deve deixar o povo dele ir embora.

O rei do Egito riu.

— Por que devo deixar meus escravos irem embora? Não mesmo!

— Então, desastres vão acontecer no Egito! — disse Moisés.

Moisés foi até o rio Nilo e colocou seu bastão na água. A água se transformou em sangue. Fedia muito! Mas o rei se recusou a escutar Moisés.

Deus mandou uma praga de rãs. Elas pulavam dentro das casas e dentro das cozinhas. Depois, vieram os piolhos e um gigantesco enxame de moscas.

Em seguida, surgiu uma doença terrível que matou os animais no campo. Cavalos, jumentos, vacas, ovelhas e cabras caíram mortos no chão.

As pessoas ficaram com feridas na pele. O granizo castigou a terra. Gafanhotos comeram toda a colheita. Mas, ainda assim, o rei não escutou Moisés.

A escuridão cobriu a terra. Então, o filho mais velho de cada família do Egito morreu. Só aí o rei mandou uma mensagem para Moisés:

— Saia da minha terra! — ele falou. — E leve seu povo com você. Eles podem ir embora.

Então, Moisés conduziu o povo israelita para fora do Egito.

A GRANDE FUGA

Deus conduziu seu povo para fora do Egito, atravessando o deserto e indo em direção ao mar Vermelho. Durante o dia, Deus ia à frente deles numa nuvem em forma de coluna, para mostrar o caminho. Durante a noite, era uma coluna de fogo, para iluminar.

Eles acamparam perto do mar Vermelho.

Mas não demorou muito para que o rei do Egito mudasse de ideia.

— O que foi que fiz? — ele gritou. — Agora, fiquei sem escravos! Preciso trazer essas pessoas de volta para trabalharem para mim!

Ele mandou preparar sua carruagem de guerra e todo seu exército. E o rei mandou seu exército atrás dos israelitas!

Eram seiscentas das mais poderosas carruagens do Egito, com seus cavalos e condutores e muitos, mas muitos soldados mesmo! Os israelitas estavam encurralados pelo mar Vermelho.

— O que vamos fazer agora? — eles reclamaram para Moisés. — Se voltarmos, é certeza que vamos ser capturados pelo rei. Se formos para frente, com certeza vamos nos afogar! Moisés, por que você nos trouxe aqui para morrer? É melhor ser escravo do que morrer no deserto!

— Não tenham medo! — respondeu Moisés. — Vocês vão ver o que Deus fará para salvá-los.

Deus instruiu Moisés a levantar e segurar seu bastão por cima das águas do mar Vermelho. Então o mar se dividiu em dois, e os israelitas conseguiram caminhar no meio do mar, com a terra sequinha!

Assim que eles atravessaram o mar Vermelho, Moisés abaixou seu bastão. Deus mandou um vento muito forte para fechar as águas do mar. Todos os egípcios que estavam perseguindo Moisés e seu povo não puderam atravessar.

Moisés e os israelitas cantaram uma canção louvando a Deus por tê-los livrado do perverso rei do Egito. E continuaram caminhando para a Terra Prometida.

A BATALHA DE JERICÓ

Josué foi escolhido por Deus para ser o próximo líder de seu povo.

— Estarei com você assim como estive com Moisés — disse Deus. — Eu nunca vou deixar você. Não tenha medo, pois estarei ao seu lado onde quer que você vá.

Os israelitas ainda estavam a caminho da Terra Prometida.

Primeiro, o povo tinha de passar pela cidade de Jericó. As muralhas de pedra da cidade eram bem grossas e impossíveis de atravessar. Os portões estavam trancados, e não havia como os israelitas entrarem na cidade. Guardas a vigiavam noite e dia. Josué acreditou que Deus os ajudaria. E escutou o plano de Deus.

Deus disse a Josué que escolhesse sete sacerdotes para carregarem trombetas feitas de chifres de carneiro.

Eles deveriam marchar
em volta da cidade uma vez
por dia, durante seis dias, enquanto
tocavam as trombetas, à frente do povo.

No sétimo dia, os sacerdotes deveriam marchar seis vezes em volta da cidade. E, na sétima vez, os sacerdotes deveriam tocar um som muito longo e muito alto, e ao mesmo tempo o povo deveria gritar fazendo muito, muito barulho!

E foi exatamente assim que Josué e o povo fizeram. Eles marcharam em volta da cidade uma vez a cada dia, e no sétimo dia o povo soltou um grande grito.

As muralhas da cidade desmoronaram! Então, Josué e seu povo capturaram a cidade.

Josué sempre escutava as palavras de Deus e era cuidadoso em obedecer à lei de Deus. Quando estava bem velhinho, lembrou os israelitas de amar a Deus e obedecer a sua lei.

— Eu e minha família sempre serviremos ao Senhor — disse Josué.

SAMUEL PASSA A NOITE ACORDADO

Já fazia muito tempo que Ana queria ter um filho e ela orava a Deus por isso. Deus ouviu suas orações e a abençoou com um menino. Ela o chamou de Samuel.

Como forma de agradecer a Deus por seu filho, Ana quis que ele servisse no templo de Siloé. Então, quando Samuel cresceu, foi morar no templo, longe da casa de seus pais.

Ele ajudava o sacerdote Eli, que era um homem muito velho.

Uma noite, quando Eli estava dormindo, Samuel ouviu uma voz chamando.

— Samuel! Samuel!

— Estou aqui! — Samuel correu para o quarto de Eli, pensando que ele havia chamado.

— Eu não chamei você. Volte para sua cama, Samuel. — E Samuel voltou para a cama.

A voz chamou novamente:

— Samuel! Samuel!

E Samuel correu para Eli mais uma vez.

— Estou aqui! — ele disse.

— Eu não chamei você! — disse Eli. — Volte para sua cama, Samuel!

E, de novo, Samuel voltou para sua cama, mas não por muito tempo.

— Samuel! Samuel! — repetiu a voz. Ele correu para Eli.

Mas, desta vez, Eli entendeu quem estava chamando. Era a voz de Deus.

— Se Deus chamar você de novo, diga: "Fale, Senhor, seu servo está ouvindo".

E Samuel voltou para a cama. Agora ele estava pronto.

— Samuel! Samuel! — repetiu a voz.

— Fale, Senhor, seu servo está ouvindo.

E Deus falou com Samuel. Pela manhã, Samuel contou a Eli o que Deus tinha dito. Eli sabia que Samuel seria um bom profeta. Ele escutava todas as vezes que Deus falava com ele e era cuidadoso em fazer o que Deus lhe pedia.

UM NOVO REI PARA ISRAEL

Davi tinha sete irmãos. Ele cuidava das ovelhas de seu pai, Jessé, e afastava os animais selvagens que se aproximassem. Ele também tocava harpa e cantava muito bem.

Deus mandou Samuel para escolher um dos filhos de Jessé para ser o novo rei de Israel, depois do rei Saul.

— Eu tenho muitos filhos — disse Jessé. — Qual você quer conhecer?

Jessé trouxe seus filhos, um a um, para conhecer Samuel.

O primeiro filho de Jessé era muito alto e bonito, mas não era quem Deus queria

para rei. Jessé trouxe o segundo para conhecer Samuel, mas não era quem Deus queria para rei. Samuel conheceu sete dos filhos de Jessé, mas nenhum deles era quem Deus queria para rei.

— Todos são bem altos e muito bonitos — disse Deus —, mas eu me importo mais com o que está por dentro: se são bons, gentis e sábios. Então, Samuel perguntou a Jessé:

— Você tem mais filhos?

— Só o mais novo — respondeu Jessé. — Ele está cuidando das ovelhas.

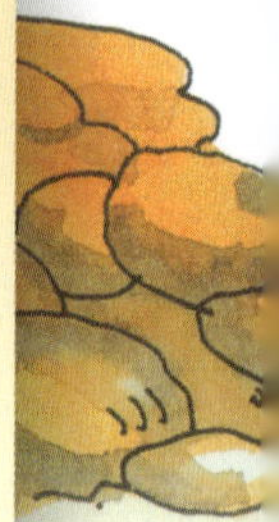

Foram buscá-lo e, quando chegou, Deus disse a Samuel:

— É este. Derrame azeite na cabeça do rapaz.

Samuel pegou um pouco de azeite de oliva e ungiu Davi na frente de seus irmãos. Depois daquele dia, Deus estava sempre presente para ajudar Davi.

O primeiro rei de Israel foi Saul.

No início, Saul foi bom rei, mas depois deixou de escutar a Deus. Ele era orgulhoso e se preocupava muito com o que o povo pensava dele. Por isso, ficou confuso e deprimido.

— Preciso de uma música suave — disse o rei Saul.

Um dos servos do rei contou a Saul sobre Davi, um dos filhos de Jessé, que era corajoso e sabia tocar harpa muito bem.

— Traga-o a mim — disse o rei Saul.

Então, Davi veio tocar sua harpa para o rei. Sempre que Saul se sentia triste ou deprimido, Davi tocava uma bela música e Saul melhorava rapidamente.

O rei Saul não sabia que Davi tinha sido ungido como próximo rei de Israel.

DAVI E O GIGANTE

O exército do rei Saul estava lutando contra os filisteus. Aliás, estava sempre lutando contra os filisteus! Eles não facilitavam a vida para o povo de Deus.

Três dos irmãos de Davi estavam no exército. Um dia, Jessé mandou Davi levar comida para eles, no acampamento do exército.

Quando estava próximo do acampamento, Davi escutou uma voz de trovão. Ela vinha de um homem gigante! Era Golias, o maior dos guerreiros filisteus!

O rei Saul prometeu uma grande recompensa para quem matasse Golias. Mas ninguém ousava tentar!

— Ninguém devia ter medo desse homem! Ele não está nos desafiando; está desafiando Deus! — disse Davi.

— Vou lutar com ele. Deus me salvou de leões e de ursos, quando eu cuidava de minhas ovelhas. Sei que Deus vai me salvar agora!

Davi experimentou a armadura de Saul, mas ficou enorme, então ele decidiu enfrentar o gigante sem armadura mesmo. Davi foi ao campo com sua funda, pegou cinco pedras lisas e colocou na bolsa.

Quando Golias viu Davi, começou a rir.

— Você tem uma espada e uma lança — disse Davi —, mas eu tenho Deus ao meu lado!

Davi pegou uma pedra de sua bolsa, colocou na funda, rodou-a acima de sua cabeça e atirou no gigante. A pedra atingiu Golias bem no meio da testa, e o gigante caiu no chão fazendo um grande barulho!

Quando os filisteus viram que seu herói estava morto, eles correram o mais rápido que puderam! Deus havia concedido a Davi a vitória. Todo o povo comemorou com ele.

DEUS CUIDA DE ELIAS

Elias foi chamado por Deus para ser profeta. Ele levava as mensagens de Deus para o rei e para o povo de Israel.

Um dia, Elias foi ver o rei. O rei Acabe não queria seguir o caminho de Deus, e a esposa dele era ainda pior. Ela adorava Baal, um falso deus.

Elias alertou o rei para que escutasse Deus, mas Acabe e sua esposa se recusaram a ouvir.

— Então, tenho de avisá-lo disto: não haverá chuva nos próximos dois ou três anos, até que Deus permita!

A mensagem de Elias não foi bem recebida. Deus o instruiu a ir para o leste e se esconder perto do ribeiro de Querite.

Deus cuidou de Elias. Corvos traziam para ele pão e carne pela manhã e à tarde. E Elias bebeu da água do ribeiro até que ele secou.

Então, Deus instruiu Elias a ir para uma cidade chamada Sarepta, onde uma viúva o ajudaria.

Ao chegar, Elias viu a mulher juntando lenha.

— Por favor, poderia me dar um pouco d'água — Elias disse. — Também estou com muita fome. Você tem algum pão, por favor?

A viúva e seu filho quase estavam passando fome. Durante a seca, não houve chuva para irrigar a plantação. Mas ela gentilmente se ofereceu para fazer um pãozinho para Elias, com o pouco que havia sobrado da farinha e do azeite.

— Não se preocupe
— disse Elias. — Vocês não passarão fome. Deus fará que o pote de farinha e a jarra de azeite nunca fiquem vazios até que volte a chover.

E assim foi. Deus nunca deixou faltar farinha e azeite para alimentar a viúva, seu filho e o profeta Elias.

FOGO DO CÉU

Já fazia quase três anos desde que Elias tinha se encontrado com o rei Acabe. A terra estava muito seca. Deus então disse a Elias que voltasse a falar com o rei.

Elias não teve medo. Ele levou a mensagem de Deus como tinha feito antes.

— Você se afastou do Deus verdadeiro e adorou o falso deus, Baal. Agora teremos um desafio para ver quem é o verdadeiro Deus.

— O povo precisa escolher entre adorar ao verdadeiro Deus ou a um deus feito por homens. Mande os profetas de Baal até o monte Carmelo.

Quando centenas de profetas se juntaram no monte, Elias falou:

— Vocês colocarão um novilho no altar de Baal. Eu colocarei outro no altar do Deus Vivo. Vocês, adoradores de Baal, pedirão que ele coloque fogo no novilho. Eu pedirei ao Deus Vivo que faça o mesmo. Vamos ver quem responde.

Os profetas de Baal gritaram pedindo fogo durante o dia todo, mas nada aconteceu.

— Gritem mais alto! — disse Elias. — Talvez ele esteja tirando um cochilo. Ou talvez esteja viajando!

Os profetas gritaram ainda mais alto, mas Baal não respondeu.

Então, foi a vez de Elias. E ele pediu aos seus servos que jogassem água no novilho por três vezes. A água escorreu, e fez uma poça em volta do altar. Nada poderia acender aquela lenha molhada.

Elias orou em voz alta:

— Responda minha oração, Deus. Mostre a essas pessoas que você é o verdadeiro Deus Vivo de Israel! Mostre a essas pessoas que você é Deus e pode ensinar a melhor maneira de viver!

Deus respondeu à oração de Elias. Ele mandou fogo do céu. E queimou a carne, a madeira, as pedras e secou toda a água do chão!

As pessoas que assistiam ficaram maravilhadas!

— O Senhor é Deus! — elas gritavam.

Então, nuvens começaram a aparecer no céu. A seca havia acabado. Deus fez a chuva cair novamente e molhar a terra.

ELISEU AJUDA NAAMÃ

Naamã tinha vencido muitas batalhas. Ele era um general muito importante do exército da Síria. Seu exército tinha levado, como empregada, uma garotinha de Israel para a casa de Naamã. A garotinha trabalhava muito e gostava de seus patrões.

Um dia, Naamã ficou muito doente. Sua pele ficou branca e dolorida e ninguém conseguia curá-lo.

A empregada de Naamã disse a sua patroa:

— Gostaria que o mestre Naamã fosse ver o profeta

Eliseu, em Israel. Tenho certeza de que ele pode curar Naamã dessa doença.

Naamã não tinha nada a perder. Ele obteve a permissão de seu rei para ir até lá e levou uma carta e presentes para o rei de Israel.

O rei de Israel ficou assustado quando viu Naamã chegar com seus cavalos e suas carruagens. Ele não sabia como ajudar o comandante. Mas Eliseu disse ao rei que mandasse Naamã procurá-lo. Eliseu queria mostrar a Naamã que Deus podia curar as pessoas.

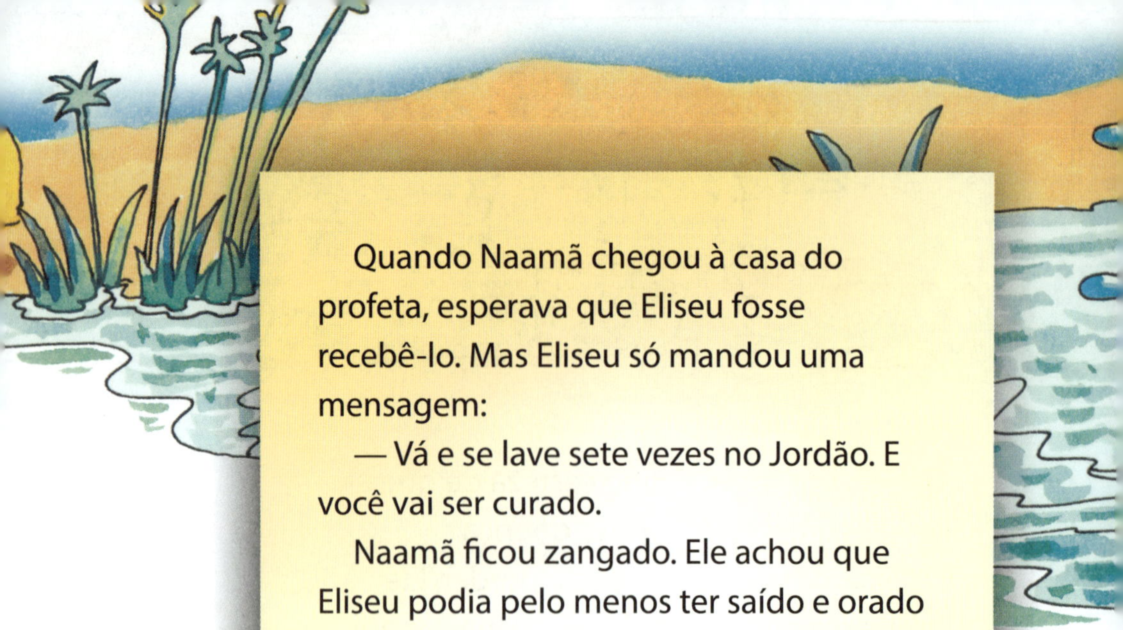

Quando Naamã chegou à casa do profeta, esperava que Eliseu fosse recebê-lo. Mas Eliseu só mandou uma mensagem:

— Vá e se lave sete vezes no Jordão. E você vai ser curado.

Naamã ficou zangado. Ele achou que Eliseu podia pelo menos ter saído e orado por ele.

— Pelo menos, tente — disseram os servos de Naamã. — Se ele tivesse pedido alguma coisa difícil, você teria feito!

Então Naamã foi até o rio e mergulhou sete vezes. Para sua surpresa, ele ficou completamente curado! Sua pele branca e cheia de cicatrizes ficou macia e cor-de-rosa como a de um bebê!

Naamã voltou à casa de Eliseu e disse:

— Agora sei que não há outro Deus além do Deus de Israel!

Naamã retornou para casa, maravilhado com o que Deus tinha feito por ele.

JONAS FOGE

— Vá para Nínive! — Deus ordenou a Jonas. — Diga ao povo de lá que sei de todas as coisas terríveis que estão fazendo. Diga que eles devem fazer coisas boas e serem gentis uns com os outros, ou serão destruídos!

Mas Jonas fugiu! Ele não queria ir para Nínive. Ele correu para o outro lado e entrou num navio pronto para zarpar rumo à Espanha.

Jonas achou que estava seguro. Ele desceu para o porão do navio e caiu no sono. Ele não percebeu a tempestade se aproximando, nem as ondas batendo no navio, e continuou dormindo.

Todos os marinheiros ficaram com medo de morrer. Eles jogaram a carga ao mar, mas, ainda assim, a tempestade castigava o navio.

Então, os marinheiros
perceberam que Jonas estava
dormindo. Eles o
acordaram e
pediram que
ele orasse.

— É minha culpa! — Jonas gritou no meio da ventania. — Eu fugi de Deus. Me lancem ao mar e vocês ficarão a salvo!

Os marinheiros perceberam que não havia mais nada a fazer. Eles jogaram Jonas ao mar e, rapidamente, tudo ficou calmo.

Jonas afundou na escuridão do mar. Então, ele orou pedindo ajuda de Deus.

Deus respondeu ao pedido de Jonas. Um grande peixe abriu a boca e abrigou Jonas em seu estômago. Ali, Jonas disse a Deus que estava arrependido de não ter ido para Nínive.

Então, depois de três dias, o peixe cuspiu Jonas em uma praia.

E mais uma vez Deus pediu a Jonas que fosse a Nínive. E, dessa vez, ele foi.

Jonas avisou o povo de Nínive sobre tudo o que Deus tinha dito. Eles escutaram a mensagem de Deus e se arrependeram ao perceber todas as coisas erradas que estavam fazendo. Então pediram que Deus os perdoasse.

Deus não estava mais zangado com eles. Eles tinham escutado, pedido perdão e deixado de fazer as coisas ruins. Por isso, Deus podia perdoá-los.

DANIEL NA COVA DOS LEÕES

Daniel amava a Deus e queria servi-lo onde quer que estivesse.

Um dia, ele foi capturado pelo rei da Babilônia e levado como escravo para o palácio do rei. Daniel amava a Deus e trabalhou muito bem para o rei. Ele fazia tudo o que lhe pediam do melhor jeito que podia.

O rei viu que Daniel trabalhava muito bem e fez dele um líder importante no palácio. Mas alguns homens ficaram com muita inveja e por isso tentaram colocar Daniel em apuros.

Eles criaram uma lei dizendo que, por trinta dias, todo mundo só deveria adorar ao rei. Qualquer pessoa pega adorando alguém que não o rei seria jogada aos leões.

Daniel amava a Deus. Ele continuou orando e adorando a Deus como sempre tinha feito. Então, os homens invejosos prenderam Daniel para jogá-lo numa cova cheia de leões famintos!

O rei percebeu que os homens invejosos o haviam enganado para assinar aquela lei. Mas, agora, ele não tinha escolha. Precisava deixar que Daniel fosse jogado aos leões.

— Talvez o seu Deus salve você! — disse o rei, baixinho.

Foi uma longa noite para o rei. Ele esperou para saber o que tinha acontecido a Daniel. Ele temia pelo pior.

Quando finalmente a manhã chegou, o rei correu para a cova dos leões.

— Daniel! Você está vivo? — ele gritou sem esperar nenhuma resposta.

— Sim, estou vivo! — gritou Daniel. — Deus mandou um anjo para fechar a boca dos leões. Eles não me machucaram!

O rei ficou muito feliz de ver Daniel novamente. Ele estava zangado com os homens invejosos e ordenou que eles fossem jogados na cova dos leões!

— Que todos saibam que o Deus de Daniel é o verdadeiro Deus, que pode salvar até mesmo da boca dos leões! — decretou o rei.

O BEBEZINHO DE MARIA

Deus enviou o anjo Gabriel a uma cidade chamada Nazaré. Ele levava novidades para uma jovem mulher chamada Maria.

— Não tenha medo, Maria — disse o anjo. — Deus escolheu você para algo muito especial. Você vai ter um bebê e vai chamá-lo de Jesus. Ele será o Filho de Deus. Aquele que todos estão esperando.

Maria ficou maravilhada. Ela não entendeu por que Deus tinha escolhido justamente a ela. Mas ela queria agradá-lo.

— Sou serva de Deus — ela disse. — Estou pronta para fazer o que ele ordenar.

Maria logo se casaria com José, um carpinteiro de Nazaré.

O governador romano queria saber quantas pessoas havia naquelas terras. Por isso, José teve de viajar com Maria para Belém. Era uma viagem muito longa, e o bebê de Maria já estava para nascer. Um jumento carregava trouxas de roupa e bolsas com água.

A estrada era seca e cheia de pedras, e Maria se sentia cansada e com muito calor. Ela esperava que a viagem terminasse logo.

Mas, quando eles chegaram a Belém, não havia nenhum lugar onde pudessem se hospedar. Maria estava tão cansada que dormiria em qualquer lugar.

O dono da hospedaria ofereceu um abrigo atrás de sua casa, onde os animais dormiam. Maria agradeceu e foi descansar, mais tranquila.

Naquela noite, o bebê de Maria nasceu. Ela envolveu seu pequeno filho em faixas de tecido e colocou-o numa manjedoura, cheia de feno macio. Ela olhou para seu bebê e se lembrou do que o anjo lhe tinha dito. Ele era o Filho de Deus, aquele por quem todos estavam esperando.

Enfim, Jesus havia nascido.

ANJOS E PASTORES

Nas colinas perto de Belém, os pastores estavam cuidando das ovelhas. Era uma noite clara, e os pastores olhavam para as estrelas.

De repente, o céu se encheu de uma luz muito brilhante. Um anjo enviado por Deus apareceu!

— Não tenham medo! — disse o anjo. — Eu trago boas notícias e grande alegria

para vocês!
Hoje à noite, em
Belém, nasceu seu Salvador! Ele
é Cristo, o Senhor. Vocês saberão quando
o encontrarem, porque ele está deitado

numa manjedoura, envolvido em faixas de tecido.

Então, o céu se encheu de anjos cantando louvores para Deus:

— Glória a Deus nas alturas, paz na Terra e boa vontade para com os homens!

Era um som glorioso!

Os pastores sabiam o que tinham de fazer. Eles deixaram suas ovelhas e correram para a cidade.

— Precisamos ver o que está acontecendo! — eles disseram. — Temos de ver nosso Salvador!

Eles encontraram Maria e José, e o bebê, deitado na manjedoura.

— É exatamente como disse o anjo! — eles disseram a José e Maria.

Ao ouvir sobre como os anjos haviam aparecido para os pastores, Maria guardou no coração, como um tesouro, cada uma daquelas palavras.

Os pastores voltaram para suas ovelhas, cantando louvores a Deus e contando a todos sobre as coisas maravilhosas que tinham visto.

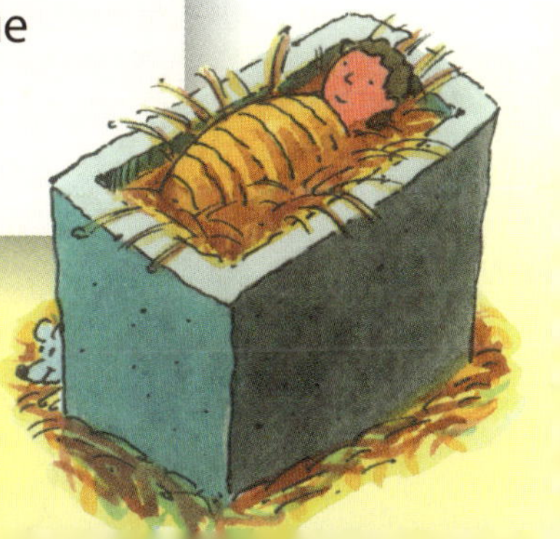

O REI RECÉM-NASCIDO

Na época do nascimento de Jesus, num lugar do oriente, alguns sábios estudavam as estrelas quando viram uma nova estrela, brilhando forte no céu.

— Ela indica que um novo rei nasceu — eles disseram. — Devemos ir encontrá-lo. Vamos levar presentes para honrá-lo!

Os sábios atravessaram o deserto, seguindo a estrela.

Quando chegaram a Jerusalém, eles encontraram o palácio do rei Herodes e pediram para ver o rei recém-nascido. Mas Herodes não sabia nada sobre um novo rei.

Os mestres da Lei olharam em seus pergaminhos.

— Está escrito que um líder virá de Belém — eles disseram.

Então, os sábios foram em direção a Belém. O rei Herodes pediu que, ao encontrarem o novo rei, eles retornassem para avisá-lo. Mas Herodes não contou que, na verdade, queria ter certeza de que o bebê não cresceria para ser rei no lugar dele!

Os sábios chegaram a Belém.

— Veja! A estrela está brilhando ali em cima! — eles disseram, apontando para uma casinha pequenina.

Eles foram silenciosamente em direção à casa, e lá encontraram Maria e seu filhinho.

Os sábios se ajoelharam diante do menino e o adoraram.

— Encontramos o novo rei! — eles disseram. E entregaram os presentes para Jesus: ouro, incenso e mirra.

Maria olhou para os presentes com admiração e surpresa.

Quando chegou o momento de irem embora, Deus avisou os sábios em sonho que eles deveriam voltar por outra estrada. E também avisou Maria e José que tirassem Jesus de Belém e viajassem para o Egito. O menino cresceu lá até a morte do rei Herodes, quando já era seguro voltar.

Então, Maria, José e Jesus foram viver em Nazaré, na Galileia.

QUATRO PESCADORES

Quando Jesus cresceu, ele começou a falar de Deus para as pessoas.

Um dia, quando ele estava à margem do mar da Galileia, viu dois barcos de pesca perto da praia. Os pescadores tinham puxado os barcos até a praia e estavam lavando as redes.

Jesus perguntou se poderia ficar em um dos barcos para falar com a multidão que tinha vindo ouvi-lo. As pessoas estavam se empurrando e se acotovelando. Todos queriam ouvir Jesus.

O barco que Jesus escolheu pertencia a Pedro e André. Eles ficaram felizes por Jesus ter escolhido seu barco.

Quando Jesus terminou de falar com a multidão, ele disse a Pedro que colocasse novamente o barco no mar e descesse as redes.

— Mestre — Pedro disse —, pescamos a noite toda e não pegamos nem um peixe, nem mesmo uma lula. Mas, se você quiser, faremos isso.

E Pedro lançou as redes mais uma vez.

De repente, as redes se encheram com uma gigantesca quantidade de peixes! Eles pulavam e escorregavam na rede e era tanto peso que a rede quase arrebentou! Pedro teve de chamar seus amigos, Tiago e João, de outro barco, para ajudar!

Pedro ficou maravilhado com o que havia acontecido. Ele se jogou aos pés de Jesus.

— Não tenha medo — disse Jesus.
— Venham comigo e eu vou mostrar muitas coisas maravilhosas.

Então, Pedro, André, Tiago e João deixaram suas redes e seguiram a Jesus. Eles foram os primeiros dos 12 homens que se tornariam discípulos de Jesus.

MATEUS CONHECE JESUS

Todos odiavam cobradores de impostos. Normalmente, o cobrador tirava do povo mais dinheiro do que devia e ficava com a sobra. Eles enriqueciam cada vez mais enquanto as pessoas comuns empobreciam cada vez mais. Além disso, eles trabalhavam para os romanos, que haviam invadido suas terras.

Mateus estava cobrando impostos quando conheceu Jesus.

— Venha, me siga! — convidou Jesus.

Mateus não
precisou ser convidado duas
vezes. Sem olhar para trás, ele deixou sua mesa de cobrador e se juntou ao grupo de pessoas cada vez maior que Jesus havia chamado para serem seus amigos e discípulos.

Muitos deles eram pescadores. Mateus não era um deles. Mas sabia que deveria estar onde Jesus estava.

Mateus serviu um grande banquete em sua casa e convidou Jesus.

Os vinhos e a comida eram sensacionais! Foi uma grande festa. Eram muitos os convidados de Mateus, incluindo outros cobradores de impostos.

Os mestres da Lei, os líderes religiosos, resmungaram muito por causa disso.

— Como esse Jesus come e bebe com cobradores de impostos? Ele deveria fazer amigos só entre as pessoas boas e honestas!

Jesus ouviu o que estavam dizendo e respondeu:

— Pessoas sadias não precisam de médico. Mas estas pessoas precisam de minha ajuda.

Mateus se tornou um dos discípulos de Jesus e o seguia onde quer que ele fosse. Sua vida mudou completamente e para sempre.

Mateus tinha passado sua vida contando dinheiro e impostos. Agora ele iria seguir a Jesus e deixar o dinheiro para trás.

QUATRO GRANDES AMIGOS

Jesus estava em uma casa em Cafarnaum, falando com os mestres da Lei. A sala estava muito cheia e ninguém conseguia entrar, nem se apertando muito.

Quatro amigos chegaram à casa, carregando outro homem em uma maca. O homem não podia andar. Ele não podia nem mesmo se sentar. Ele precisava muito de ajuda, e os quatro amigos acreditavam que Jesus podia ajudar.

Mas os amigos não conseguiam passar pela multidão e chegar até Jesus.

— Vamos tentar pelo teto! — disse um deles.

Eles já haviam conseguido chegar à casa em que Jesus estava. Tinham certeza de que, se conseguissem chegar até Jesus, ele poderia curar seu amigo.

Então, os homens usaram uma escada do lado de fora para subir. Eles começaram a fazer um buraco no teto, que era feito de barro e galhos. Pedacinhos de sujeira e galhinhos começaram a cair nas pessoas lá embaixo. Logo, todos tinham parado de conversar e observavam enquanto o furo no teto crescia até se tornar um buraco grande o bastante para baixar, diante de Jesus, o homem com sua maca!

Jesus pode ver que os homens confiavam nele para fazer algo especial. Ele se virou para o homem na maca:

— Filho, seus pecados estão perdoados.

— O que ele disse? — resmungaram os mestres da Lei. — Como ele pode perdoar pecados? Só Deus pode fazer isso!

Jesus sabia o que eles estavam resmungando e falou com eles.

— Vou mostrar que o Filho de Deus pode perdoar pecados.

Jesus olhou para o homem na maca e disse:

— Pegue sua maca e ande. Você pode ir para casa agora.

Todos que estavam ali ficaram surpresos quando o homem se levantou, pegou a maca e saiu andando.

Jesus o curou. Foi um milagre.

A HISTÓRIA DAS DUAS CASAS

Jesus contou muitas histórias para as multidões que o seguiam. Muitas vezes, é até possível imaginar as cenas.

Um dia, ele contou esta história:

— Ouçam e façam o que eu digo e vocês serão tão sábios quanto o homem que construiu sua casa em cima de uma rocha.

— Levou muito tempo para o homem construir sua casa. Ele teve de cavar fundo para fazer alicerces firmes. Usou pedras fortes para construir as paredes de sua casa. Ele suou e trabalhou duro. Mas, enfim, terminou de construir. O homem se mudou e se sentiu seguro.

— Quando chegou o inverno, o tempo mudou. As tempestades caíram, os ventos sopraram forte, os rios transbordaram e muitas casas foram carregadas pela água. Mas a casa na rocha ficou firme. Seus alicerces eram fortes e profundos. O homem estava feliz: ele sabia que o trabalho duro tinha valido a pena.

— Mas — Jesus continuou *— se vocês não escutarem o que eu digo, vocês serão como o tolo que construiu sua casa na areia. Ele disse assim: "Ah, não vou me preocupar em fazer essa casa muito forte.*

Eu quero me mudar logo. Não acho que vai fazer diferença se o alicerce for rasinho. Eu quero entrar na casa antes do inverno".

— Ele foi preguiçoso. Mas sua casa ficou pronta logo e o homem se mudou. Porém, o inverno chegou e, com ele, o tempo ruim. A tempestade caiu, o vento forte soprou, os rios transbordaram. O tolo percebeu que havia rachaduras nas paredes. As rachaduras ficaram maiores e maiores e maiores, até que… CRASH! A casa caiu e foi levada pelas águas.

UMA TEMPESTADE ASSUSTADORA

Um dia, Jesus entrou num barco com seus amigos. Tinha sido um dia bem cansativo.

— Vamos para o outro lado do mar da Galileia — disse Jesus.

Muitos dos discípulos de Jesus eram pescadores. Eles conheciam muito sobre barcos. E o som das águas batendo no casco fez Jesus adormecer!

Pouco depois de começarem a navegar, o vento mudou. Algumas nuvens escuras apareceram de repente no céu. Logo eles sentiriam o vento da grande tempestade. O barco mergulhou e pulou e logo começou a encher de água!

Jesus ainda dormia profundamente. Ele parecia nem perceber a tempestade e o vaivém do barco sendo jogado de um lado para outro!

— Acorde! Acorde! — os discípulos gritaram para Jesus. Eles estavam em pânico. — Vamos afundar!

Jesus acordou e, de pé no convés, falou com os ventos e mandou que parassem. Falou com as ondas e ordenou que se acalmassem.

A tempestade desapareceu no mesmo instante! E o mar voltou a ficar completamente calmo.

Então Jesus voltou-se para seus discípulos e disse:

— Por que vocês ficaram com medo? Vocês não confiam em mim?

Os discípulos ficaram maravilhados. Eles se olhavam e perguntavam:

— Quem será esse homem? Até mesmo os ventos e as ondas escutam o que ele diz!

A FILHA DE JAIRO

Por onde quer que andasse, Jesus era sempre seguido por uma multidão de pessoas. Mas, naquele dia, um homem chamado Jairo correu para ele, gritando, assim que o viu:

— Jesus! Por favor, venha rápido! Minha única filha está morrendo! Precisamos da sua ajuda!

No caminho para a casa de Jairo, Jesus parou para curar uma mulher que estava doente havia muitos anos. As pessoas se amontoavam de todos os lados e Jesus não conseguia passar muito rápido.

Então, um mensageiro veio da casa de Jairo.

— Tarde demais — ele disse. — A menina morreu.

Mas Jesus disse a Jairo:

— Não tenha medo. Acredite em mim e ela ficará bem.

Quando chegaram à casa de Jairo, todos já estavam chorando muito. Foi uma cena muito triste.

— Não se preocupem — Jesus disse gentilmente. — Ela não está morta. Está apenas dormindo.

Jesus entrou na casa com Pedro, João e Tiago, e falou com a garota.

— Levante-se, menininha — ele disse calmamente. E, no mesmo instante, a vida voltou ao corpo da menina e ela se sentou! Foi um milagre!

Jesus disse aos pais da menina que lhe dessem algo de comer e beber e cuidassem dela.

Eles não conseguiam acreditar no que viam! Ficaram admirados ao ver sua filha de doze anos viva de novo!

Eles não conseguiam parar de agradecer e de sorrir!

UMA MULTIDÃO FAMINTA

Jesus e seus amigos tinham estado ocupados o dia inteiro. Pessoas de todos os lugares queriam ver Jesus. Elas ouviram que ele podia curar pessoas, então, traziam com elas seus pais e seus avós. Elas queriam ouvir o que Jesus dizia sobre o reino de Deus. Queriam saber quanto Deus as amava.

O sol estava começando a se pôr e ainda havia pessoas por todos os lados. E elas não estavam com pressa de ir embora.

— Precisamos dizer a essas pessoas que busquem comida nas vilas — disseram os discípulos. — Elas devem estar com fome.

Mas Jesus respondeu:

— Elas podem comer aqui mesmo. Devemos alimentá-las.

— Mas há milhares de pessoas aqui! — disse Filipe. — Ninguém conseguiria alimentar toda essa gente!

— Há um menino aqui com um pouco de comida — disse André. — Mas tudo o que ele tem são cinco peixes e dois pães. Não vai ser suficiente pra todo mundo.

Jesus sorriu e pegou o pão e o peixe. Ele pediu aos seus discípulos que dividissem a multidão em grupos de mais ou menos 50 pessoas.

Então, Jesus agradeceu a Deus pela comida e começou a reparti-la. Ele dava os pedaços aos discípulos, para que eles os distribuíssem pela multidão.

A comida foi dividida e compartilhada entre as pessoas. Todos comeram, e até sobrou. Foi um grande banquete.

No final, os discípulos juntaram o que restou e ainda encheram 12 cestas!

— Eu sou o pão da vida — Jesus disse algum tempo depois. — Quem vier até mim nunca terá fome; quem acreditar em mim nunca terá sede.

O PRÓXIMO

— Ame Deus com todo seu coração — disse Jesus. — Ame seu próximo como se fosse você mesmo!

— Mas — perguntou um homem — quem é o meu próximo?

Para responder a essa pergunta, Jesus contou uma história:

— *Um homem ia de Jerusalém a Jericó quando foi atacado por assaltantes. Eles levaram seu dinheiro e suas roupas e bateram tanto nele que ficou sem se mexer. O homem ficou jogado na beira da estrada por horas e horas, debaixo do sol quente. Se ninguém o ajudasse, ele com certeza morreria. Então apareceu um homem.*

"Ainda bem. Está chegando alguém para me ajudar", pensou o homem.

Mas o homem passou direto, sem olhar para ele. Então, outro homem se aproximou.

"Com certeza esse vai me ajudar!", pensou o homem. Sua cabeça estava latejando de dor. Ele estava desesperado para beber algo. Mas o segundo homem passou por ele. E ainda fingiu que não o tinha visto!

"Agora vou mesmo morrer!", lamentou o homem. O sol batia forte em sua cabeça ferida.

Naquele momento um samaritano descia a estrada. Assim que viu o homem ferido, correu para ajudá-lo.

— O que aconteceu? — O samaritano perguntou. — Vou ajudar você.

O samaritano lhe deu água e fez os curativos. Ele pôs o ferido em seu próprio jumento e o levou até uma hospedaria:

— Cuide dele — o samaritano disse ao dono da hospedaria, dando duas moedas de prata. — Se você gastar mais do que isso, pago quando voltar.

— Então — disse Jesus — quem foi o próximo do homem machucado?

— O que foi bom para ele — respondeu o homem.

— Sim. Vá e faça o mesmo — disse Jesus.

A HISTÓRIA DA OVELHA PERDIDA

Jesus contou esta história sobre um pastor que tinha muitas ovelhas:

Um pastor tinha cem ovelhas. Ele conhecia cada uma e cuidava muito bem delas. Se os animais selvagens chegassem perto, o pastor saia atrás deles. Ele fazia tudo o que podia para protegê-las.

Um dia, o pastor contou suas ovelhas e percebeu que estava faltando uma. Onde ela poderia estar?

Ele saiu do cercado das ovelhas para procurar aquela perdida e deixou as outras 99 seguras, no cercado.

O pastor procurou em todo lugar: atrás de arbustos, perto do riacho, atrás das rochas e nos penhascos. Nem sinal da ovelha perdida.

De repente, ele ouviu um "bééé" abafado... seria a ovelha perdida?

Sim! O pastor finalmente tinha achado sua ovelha perdida.

Gentilmente, o pastor colocou nos ombros a ovelha perdida e, com todo cuidado, carregou-a de volta para o cercado.

Ele ficou tão feliz por encontrar sua ovelha que deu uma festa e convidou todos os seus amigos. Eles sabiam quanto o pastor amava cada uma de suas ovelhas.

— Deus se parece um pouquinho com o pastor — disse Jesus. — Ele ama a todos que fez. E se preocupa mesmo que só uma ovelha esteja perdida. Então, Deus fica feliz e todos os anjos

do céu se alegram quando qualquer pessoa na terra pede perdão pelas coisas erradas que fez.

O HOMEM QUE NÃO PODIA VER

Um homem cego e pobre sentava-se na rua todos os dias. Ele ficava esperando pelo som de uma ou duas moedas caindo em sua tigela. Mas, naquele dia, não tinha ganhado nenhuma esmola. Onde estava todo mundo? Ele podia ouvir uma multidão passando, mas ninguém parava.

Então, ele ouviu um nome: *Jesus*.

— Vamos ver Jesus! Jesus pode curar pessoas!

O homem, que era chamado Bartimeu, se levantou. Ele sabia quem era Jesus!

— Jesus! Tenha pena de mim! — ele gritava o mais alto que podia.

— Quieto, cego! — a multidão gritava de volta.

— Tragam a mim esse homem cego — a voz de Jesus soou, firme.

Alguns na multidão guiaram Bartimeu até a pessoa sorridente e paciente que era Jesus.

— O que quer que eu faça por você? — Jesus perguntou gentilmente.

— Eu quero enxergar — Bartimeu suspirou.

— Então, enxergue! — disse Jesus. — Eu sei que você confia em mim. Você acredita que eu posso ajudá-lo. A sua fé salvou você.

Imediatamente, os olhos de Bartimeu se tornaram claros e brilhantes e seu mundo se encheu de cor e movimento. E, parado em frente a ele, estava Jesus.

— Graças a Deus! — gritou o homem. — Eu posso ver! Eu posso ver!

A multidão viu o que tinha acontecido e louvou a Deus, junto com Bartimeu, pela coisa maravilhosa que Jesus havia feito. Jesus havia curado o mendigo cego. Agora, Bartimeu podia ver!

O PEQUENO COBRADOR DE IMPOSTOS

Zaqueu era cobrador de impostos. Ninguém gostava dele. Na verdade, ele tinha enganado tantas pessoas e tirado delas tanto dinheiro que não conseguiria mesmo ser muito popular.

Mas, um dia, Jesus estava passando por Jericó e Zaqueu queria vê-lo. Ele tinha ouvido coisas maravilhosas sobre Jesus e queria vê-lo com seus próprios olhos.

Multidões de pessoas formavam filas e filas enormes nas ruas. Mas, como Zaqueu

era muito baixinho, não teria a menor chance de ver Jesus se não ficasse mais alto que todo mundo. Mas ninguém ia deixá-lo fazer isso.

Então, ele viu uma árvore e pensou: "Vou subir naquela árvore! Se eu ficar por cima da multidão, vou conseguir ver Jesus quando ele passar".

Como Jesus já estava perto, Zaqueu se inclinou em cima de um galho para vê-lo melhor. Ele quase caiu da árvore, mas de susto! Jesus tinha parado exatamente embaixo da árvore onde Zaqueu estava pendurado. Então Jesus olhou para Zaqueu e o chamou.

— Zaqueu, desce logo! — disse Jesus. — Hoje, eu gostaria de comer e dormir na sua casa.

Zaqueu desceu da árvore e cumprimentou Jesus com grande alegria. Ele mal podia acreditar naquilo. Por que Jesus queria falar com ele? Ninguém fazia isso!

— Você é muito bem-vindo a minha casa! — disse Zaqueu.

Zaqueu se tornou uma pessoa diferente depois de ter conhecido Jesus.

— Vou dar metade do que tenho para os pobres. Se alguma vez enganei alguém, vou devolver quatro vezes mais — Zaqueu disse.

Ele manteve sua palavra e fez o que havia prometido a Jesus.

— Eu vim buscar e salvar quem estava perdido — disse Jesus.

E, naquele dia, Zaqueu foi recebido no reino de Deus.

O REI EM UM JUMENTO

Era tempo de festejar a Páscoa. Todos os anos, as pessoas se lembravam da época em que Deus tinha resgatado Moisés e os israelitas da escravidão, no Egito. Eles celebravam juntos.

Depois de ficar alguns dias em Betânia com seus amigos Marta, Maria e Lázaro, Jesus foi para a cidade de Jerusalém.

Jesus mandou dois amigos na frente.

— Vão até aquele vilarejo. Vocês vão achar um jumentinho que nunca foi montado. Gostaria que o trouxessem para mim. Se o dono perguntar o que estão fazendo, digam que o mestre precisa do jumentinho.

Então, eles foram para o vilarejo e encontraram o jumentinho.

Quando já o estavam desamarrando, o dono apareceu e perguntou:

— O que estão fazendo com meu jumentinho?

— O mestre precisa dele! — eles responderam.

O dono sorriu e os deixou ir. Eles levaram o jumentinho para Jesus e cobriram as costas

do animal com seus mantos. Montado nele, Jesus entrou em Jerusalém.

Multidões comemoraram a entrada de Jesus e acenavam com galhos de palmeira. E as pessoas espalhavam seus mantos pelo caminho.

— Hosana! — eles gritavam com toda força.
— Deus abençoe o rei que vem em nome do Senhor!

JESUS É CRUCIFICADO

Jesus tinha muitos amigos, mas os líderes religiosos se tornaram seus inimigos. Eles queriam se livrar dele. Jesus sabia que sua morte estava próxima. Ele fez uma última refeição especial com seus discípulos e lavou os pés de cada um deles. Jesus fez isso para dar exemplo de como devemos cuidar uns dos outros.

Depois, Jesus pegou uma taça de vinho, agradeceu a Deus e passou a taça para todos os seus amigos.

— Peguem e bebam um pouco — ele disse.

Então, Jesus pegou o pão e repartiu-o entre seus amigos, dizendo:

— Este é meu corpo, dado por vocês. Façam isso e lembrem-se de mim.

Eles não entenderam o que Jesus queria dizer. Eles não entenderam quando Jesus disse que logo iria para longe deles.

Judas, um de seus amigos, traiu Jesus e o entregou para seus inimigos. Jesus foi preso. Os soldados foram maus. Bateram nele e o fizeram usar um manto vermelho. Também colocaram uma coroa de espinhos na cabeça dele.

— As pessoas chamam você de rei — eles zombavam de Jesus. — Agora, você se parece com um!

Eles fizeram Jesus carregar uma cruz pesada até um monte chamado Gólgota.

Dois criminosos foram colocados em cruzes ao lado de Jesus. Na parte de cima da cruz de Jesus havia uma placa que dizia: "Este é o rei dos judeus".

Maria, a mãe de Jesus, estava lá, vendo tudo aquilo. Ela e alguns amigos choravam por verem Jesus sofrer, mesmo sem ele ter feito nada de errado.

Muitas horas depois, a escuridão cobriu a terra. Jesus chamou Deus em voz alta, e então morreu.

O corpo de Jesus foi tirado da cruz e colocado num túmulo cavado na rocha. Uma grande pedra foi colocada para fechar a entrada do túmulo.

Foi um dia terrível.

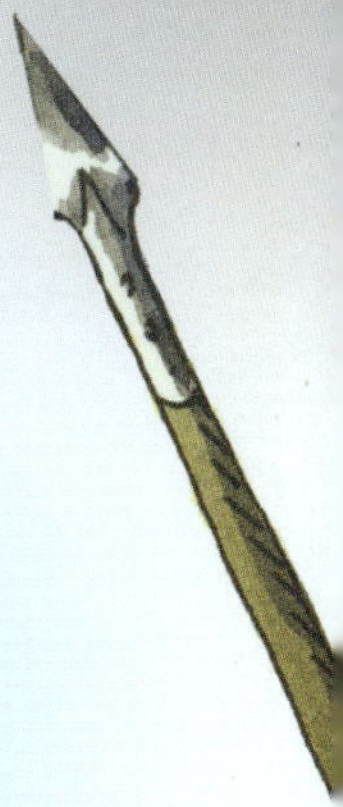

O MILAGRE DA RESSURREIÇÃO

Já fazia três dias que Jesus tinha morrido na cruz.

Os discípulos dele ficaram muito tristes. O amigo e mestre já não estava com eles.

Outras pessoas também ficaram tristes, incluindo um grupo de mulheres que eram amigas dele.

Num domingo de manhã, essas mulheres foram visitar o túmulo. Elas levaram especiarias para ungir o corpo de Jesus, que era o costume quando alguém morria. Mas, quando elas chegaram ao túmulo, levaram um grande susto! Elas descobriram que a grande pedra tinha sido rolada para fora da entrada.

As mulheres ficaram com medo. Elas olharam dentro do túmulo. O corpo tinha sumido! Onde estava Jesus? Quem o tinha levado?

De repente, dois homens em roupas brilhantes apareceram na entrada. As mulheres ficaram com medo e não sabiam o que fazer.

— Por que vocês estão procurando por Jesus? — eles disseram. — Ele não está morto. Ele está vivo! Lembram-se do que ele disse antes de deixá-las?

As mulheres tentaram lembrar. Jesus tinha dito muitas coisas que elas não entenderam. Ele tinha dito que iria deixá-las, mas… sim! Ele também tinha dito que voltaria! Será que era verdade?

As mulheres correram o mais rápido que conseguiram para contar aos discípulos!

— Jesus não está no túmulo! — elas disseram. — Ele está vazio!

Os discípulos não acreditaram nas mulheres. Pedro e João correram para o túmulo para ver com seus próprios olhos. Eles viram os panos em que o corpo de Jesus havia sido enrolado, mas, com certeza, Jesus não estava lá.

Maria Madalena chorava no jardim e ouviu alguém chamá-la pelo nome.

Quando ela olhou, viu que era Jesus! Ele não estava mais morto. Jesus estava vivo!

TOMÉ ACREDITA

Já era tarde, no domingo, quando Jesus foi ver seus discípulos. Eles estavam reunidos numa sala e tinham trancado as portas. Eles estavam com medo de ser presos porque eram amigos de Jesus.

Mas, de repente, viram que Jesus estava ali, com eles.

— Que a paz esteja com vocês — Jesus disse. Ele mostrou as feridas nas mãos e no lado de seu corpo. Não havia dúvidas. Era Jesus! E ele estava vivo!

Tomé não estava lá, naquele dia. Quando seus amigos contaram as boas notícias, ele não conseguiu acreditar.

— Mas nós o vimos! É a mais pura verdade, Tomé! — eles disseram.

— Bem, a não ser que eu veja com os meus próprios olhos os pés e as mãos de Jesus com as marcas da crucificação, eu não vou acreditar no que vocês estão me dizendo — respondeu Tomé.

Uma semana depois, Tomé e todos os discípulos estavam juntos de novo e com todas as portas trancadas. De repente, sem que esperassem, Jesus estava lá, com eles, mais uma vez!

— Que a paz esteja com vocês — disse Jesus. Então, ele se dirigiu a Tomé e disse:

— Coloque seu dedo nas feridas em minhas mãos e sua mão aqui do meu lado. Pare de duvidar, Tomé, e acredite!

— Meu Senhor e meu Deus! — Tomé respondeu.

— Vocês acreditam porque me viram — disse Jesus. — Felizes serão as pessoas que acreditarão sem que me tenham visto!

CAFÉ DA MANHÃ NA PRAIA

Numa manhã bem cedinho, Jesus apareceu para seus discípulos. Na noite anterior, Pedro quis sair para pescar.

— Estou me aprontando agora — ele disse aos seus amigos. — Alguém quer vir comigo?

Outros seis discípulos se juntaram a ele e empurraram o barco para o mar. Eles lançaram as redes na água e esperaram pelos peixes. Mas nada aconteceu.

Eles pescaram a noite inteira e não conseguiram pegar nem um peixinho.

Quando o sol começou a aparecer, Pedro olhou e viu uma pessoa na praia. No começo, eles não conseguiam ver quem era. O homem chamou por Pedro.

— Jogue sua rede do outro lado do barco e você vai pegar muitos peixes — disse o homem.

Então, eles jogaram as redes do outro lado do barco. E as redes ficaram tão cheias de peixe que eles não conseguiam nem puxá-las para dentro do barco!

Então, Pedro já sabia quem era o homem na praia. Só podia ser Jesus! Ele pulou do barco para poder chegar à praia mais rápido.

Quando conseguiram trazer o barco até a praia, eles viram que Jesus tinha feito uma fogueira e estava assando peixes e esquentando alguns pães.

— Venham comer! — Jesus disse.
Era bom estar com Jesus novamente.

JESUS VAI PARA O CÉU

Depois de ter ressuscitado, Jesus ficou com seus discípulos durante quarenta dias. Comeu com eles e falou sobre o reino de Deus.

Quando eles estavam juntos, Jesus falou sobre uma coisa muito importante que eles deveriam fazer.

— Não saiam de Jerusalém — ele dizia. — Esperem pelo presente especial que vou lhes dar: a chegada do Espírito Santo de Deus. Vocês ficarão cheios de poder e poderão

contar a todos sobre mim. Vocês vão querer que todos saibam sobre o que ensinei, e sobre minha morte e ressurreição, em todo lugar do mundo.

Os discípulos de Jesus fizeram muitas perguntas. Eles queriam saber se o reino de Deus viria logo.

— Vocês não precisam ficar preocupados com isso, meus amigos — disse Jesus. — Vocês não precisam saber quando ou onde essas coisas acontecerão. Tudo acontecerá no momento certo.

Então, Jesus subiu aos céus e desapareceu no meio de uma nuvem.

Os amigos de Jesus ainda estavam olhando para o céu quando de repente dois homens vestidos de branco se aproximaram deles.

— Por que vocês estão parados aí olhando para o céu? Jesus vai voltar do mesmo jeito que vocês o viram ir — eles prometeram.

Os amigos de Jesus acreditaram em todas a coisas que Jesus tinha dito para eles. Então, eles se reuniram num lugar e começaram a orar juntos e ficaram esperando pelo Espírito Santo, em Jerusalém, conforme Jesus tinha prometido.

Eles se conheciam muito bem. Antes, eram Pedro, João, Tiago e André, Filipe e Tomé, Bartolomeu e Mateus, Tiago, Simão e Judas. Eles escolheram outro discípulo, chamado Matias, depois que Judas os deixou para trair Jesus.

Maria, mãe de Jesus, e outras mulheres que amavam Jesus se juntaram ao grupo para orar a Deus. Naquela época, mais ou mesmo 120 pessoas acreditavam em Jesus.

A BOA-NOVA DE JESUS

No dia de Pentecostes, os discípulos e as pessoas que também acreditavam em Jesus se encontraram numa casa em Jerusalém.

De repente, se ouviu um barulho de vento forte. O barulho encheu a casa inteira. Línguas de fogo tocaram cada uma das pessoas ali e todas ficaram cheias do Espírito Santo. Exatamente como Jesus tinha prometido.

De repente, os crentes perceberam que podiam falar em todos os idiomas! Muitas pessoas de Jerusalém e de outros países podiam entender o que eles diziam. Pedro falou à multidão sobre Jesus. Ele contou sobre como Jesus tinha curado pessoas e mostrado a todos que Deus as amava. Então, ele explicou que homens muito maus tinham levado Jesus para morrer em uma cruz, mas agora ele estava vivo novamente.

— Parem de fazer coisas ruins — disse Pedro. — Ao invés disso, façam coisas boas! Vivam do jeito que Jesus ensinou. Acreditem nele e sejam batizados. Vocês serão perdoados e receberão o presente de Deus: o Espírito Santo!

As pessoas da multidão tinham vindo de todos os cantos do mundo. Aquelas que conheciam Pedro ficaram espantadas em ver um homem que havia sido pescador de repente conseguir falar com tanto conhecimento e entusiasmo. Mas muitas pessoas só balançavam a cabeça. Será que era tão difícil de acreditar no que ele dizia? Mas, naquele mesmo dia, quase três mil pessoas acreditaram e foram batizadas e se juntaram aos discípulos.

Os amigos de Jesus e os novos crentes queriam contar a mais pessoas a boa-nova sobre Jesus.

O PODER DO ESPÍRITO SANTO

Jesus havia morrido. Mas Deus o trouxe de volta à vida, e agora ele nunca mais morreria. Foi um milagre!

Logo, as pessoas que seguiam seus ensinamentos ficaram conhecidas como cristãos. Elas compartilhavam tudo o que possuíam. Cada vez mais pessoas acreditavam em Jesus e se juntavam aos cristãos.

Os amigos de Jesus também tinham o poder de curar pessoas, como Jesus fazia. Quando Pedro e João foram orar, no templo, eles encontraram um homem que pedia esmolas porque não conseguia andar.

— Não temos dinheiro — disse Pedro —, mas Jesus nos deu poder para fazê-lo andar. Fique de pé. Você está curado!

E o homem ficou de pé e andou.

— Deus é bom! Olhem! Eu posso andar! E contava a todos o que tinha acontecido.

As pessoas que tinham visto o homem pedir esmolas dia após dia ficaram espantadas!

Mas, quando os líderes religiosos ouviram o que tinha acontecido, eles não ficaram felizes. Jesus tinha sido crucificado, e tinha morrido. Eles pensaram que seus problemas haviam acabado. Mas agora parecia que estavam apenas começando.

SAULO ENCONTRA JESUS

Um homem chamado Saulo odiava os novos cristãos. Ele ficou olhando enquanto Estêvão, um dos novos seguidores de Jesus, foi apedrejado até morrer. Saulo viu o olhar de Estêvão enquanto morria, e era como se Estêvão estivesse feliz por ver alguém que amava. Saulo não entendeu e não gostou daquilo.

Ele perseguia os cristãos para colocá-los na prisão.

Mas, enquanto Saulo ia para Damasco, aconteceu uma coisa que mudou sua vida para sempre. Saulo ficou cego por causa de uma luz muito forte. Então, ele ouviu uma voz, vinda do nada, que dizia:

— Saulo, Saulo, por que você está me perseguindo?

— Quem é você? — Saulo perguntou.

— Sou Jesus — a voz respondeu. — Quando você machuca meus amigos, também me machuca. Mas tenho algo muito importante para você fazer. Vá até a cidade e lá você saberá.

Saulo estava viajando com amigos. Eles também tinham ouvido a voz. Eles o levaram para Damasco, onde um homem chamado Ananias o procurou.

— Jesus me mandou para ajudá-lo a exergar novamente — Ananias lhe disse. Saulo estava sendo ajudado por um daqueles a quem ele mandava prender.

Saulo foi curado da cegueira. E desse dia em diante nada mais foi o mesmo para ele. Saulo tinha visto e ouvido Jesus. Ele sabia que Jesus havia sido crucificado, mas agora estava vivo. Saulo recebeu o Espírito Santo e foi batizado. Agora, as pessoas o chamavam de Paulo.

Mas, quando os líderes religiosos ouviram o que havia acontecido, ficaram furiosos. Planejaram matar Paulo, mas os novos amigos dele o ajudaram a escapar num cesto, por uma janela da muralha da cidade.

O HOMEM NA CARRUAGEM

Cada um dos novos cristãos percebeu que sua vida tinha mudado.

Um anjo disse a Filipe que fosse até a cidade de Gaza, onde ele encontraria um homem sentado numa carruagem. Filipe encontrou o homem lendo um pergaminho.

O Espírito Santo disse a Filipe que ajudasse aquele homem que estava interessado em conhecer a verdade da Palavra de Deus. Filipe então se aproximou dele.

— Você pode me explicar essa profecia do profeta Isaías? — O homem perguntou. — É sobre alguém que morreu.

Naquele momento, Filipe entendeu por que estava ali.

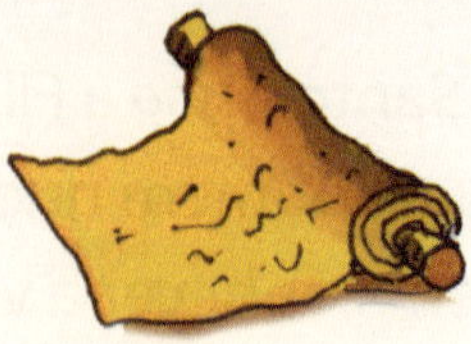

Ele começou a contar ao homem tudo sobre Jesus: como ele havia sido crucificado, como, por um milagre, havia ressuscitado dos mortos e como seus amigos tinham recebido poder para viver uma vida nova.

— Tem um rio aqui, você pode me batizar — disse o homem. — Também quero ser cristão.

A carruagem parou perto da água e Filipe o batizou. Agora, ele era cristão.

O homem voltou para casa, na Etiópia. Ele trabalhava num cargo importante, no governo de seu país. Ele estava pronto para contar a todos sobre Jesus.

CORNÉLIO, O SOLDADO QUE AMAVA A DEUS

Cornélio era um soldado romano que vivia em Cesareia. Ele amava Deus e estava sempre pronto para ajudar a todos.

Um dia, um anjo veio até ele.

— Deus tem visto que você é um bom homem, Cornélio. Ele quer que você se reúna com Pedro, que está em Jope.

Cornélio ficou surpreso com o anjo, mas enviou seus homens para encontrar Pedro.

Enquanto isso, Deus falou com Pedro em uma visão. Ele estava descansando no telhado de uma casa quando viu uma toalha, com todo tipo de criatura, sendo baixada em frente a ele.

— Coma, Pedro — disse uma voz.

— Mas não posso comer esse tipo de comida — disse Pedro.

Havia algumas regras bem rigorosas sobre o que o povo de Deus não podia comer.

— Deus tornou bons esses alimentos — disse a voz. — Não há problema em comê-los, agora.

Nesse momento, Pedro escutou alguém bater na porta.

— Você está convidado a ir à casa do capitão Cornélio — disseram os soldados.

Então, Pedro foi encontrar Cornélio. E entendeu o que Deus estava dizendo. Cornélio não era um dos descendentes de Abraão, mas, agora, todas as pessoas estavam convidadas a ser parte da família de Deus. Pessoas de todas as nações. Pedro contou a Cornélio e a sua família tudo sobre Jesus, e eles foram batizados.

PEDRO ESCAPA DA PRISÃO

As pessoas que conheciam Jesus não conseguiam parar de falar sobre ele. Mas era perigoso ser cristão. Tiago, um dos primeiros discípulos, foi morto. Agora, era Pedro quem estava na prisão.

O rei Herodes planejou um julgamento público, para que outras pessoas nem sequer pensassem em se tornar cristãs. Ele prendeu Pedro muito bem e acorrentou-o entre dois soldados.

Os amigos de Pedro estavam preocupados com o que aconteceria. Eles oraram para Deus ajudá-lo.

Naquela noite, Deus respondeu às orações deles e mandou um anjo à cela de Pedro.

— Rápido! — o anjo disse. — Acorde, calce as sandálias e coloque a capa.

Pedro mal acreditava no que via. Ele se surpreendeu ao ver as correntes caírem de seus pulsos e as portas, fechadas, se abrirem diante dele. Pedro deixou os soldados dormindo e seguiu o anjo até a rua.

Assim que chegou à rua, o anjo o deixou. Pedro foi para a casa de seus amigos e bateu na porta.

Era noite ainda e os amigos de Pedro continuavam a orar sem parar em favor dele. Uma empregada chamada Rode foi ver quem estava fazendo toda aquela barulheira do lado de fora.

— Sou eu, Pedro! Posso entrar?

Rode conhecia a voz de Pedro. Ela ficou tão maravilhada que correu para avisar a todos e se esqueceu de abrir a porta para ele! Deus havia respondido as orações deles! Mas ninguém ia acreditar nela.

Pedro bateu de novo. Quando eles viram Pedro do lado de fora, ficaram muito espantados e alegres ao mesmo tempo e o mandaram entrar logo. Ele teve de esperar até que todos fizessem silêncio para contar sobre o milagre do anjo e sua fuga da prisão.

A TEMPESTADE E O NAUFRÁGIO

Paulo aproveitava cada oportunidade para contar às pessoas sobre Jesus. Ele fez viagens por terra e mar, por diferentes países para compartilhar o que sabia. Para onde quer que fosse, as pessoas se tornavam cristãs. Igrejas eram criadas em todo lugar em que as pessoas pudessem aprender e orar juntas.

Mas nem todos gostavam de Paulo. Algumas vezes ele foi expulso de cidades; outras vezes foi espancado e atacado. Ele também ficou na prisão durante anos.

Em uma das vezes em que tinha sido preso, Paulo pediu para ser mandado para Roma, onde queria ser julgado, já que ele era cidadão romano. Para ir a Roma, ele teve de viajar de navio, com seu amigo Lucas, e enfrentar um mar muito bravo.

O navio entrou numa grande tempestade. Paulo sabia que Deus não os deixaria morrer, e, mesmo quando o navio naufragou na costa de Malta, todos os passageiros conseguiram chegar até a costa, nadando ou se agarrando nos destroços.

Paulo e os outros passageiros ficaram em Malta por três meses até que fosse possível continuar a viagem. Paulo curava qualquer pessoa que precisasse de sua ajuda e contava a todos sobre Jesus. Ele aproveitou cada oportunidade para dizer a todos que eles também poderiam conhecer Jesus.

Quando chegou a Roma, Paulo ficou em uma casa, com um guarda cuidando dele. Ele passou dois anos inteiros contando aos romanos sobre Jesus e escrevendo cartas para as novas igrejas. Ele sempre lembrava a todos que deviam cuidar uns dos outros e tratar bem a todas as pessoas.

Os discípulos estavam fazendo o que Jesus lhes tinha pedido. A igreja cristã começou com eles, mas se espalhou por todo o mundo, para qualquer um que quisesse ouvir.

UMA VISÃO DO CÉU

João, um dos discípulos, viveu até ficar bem velhinho. Ele foi aprisionado na ilha de Patmos, no mar Egeu. Mas Jesus, que ama de verdade todos os seus amigos, não se esqueceu dele.

Um dia, João teve uma visão. Nela Jesus lhe deu mensagens para todas as igrejas. Jesus não parecia com o carpinteiro que ele tinha visto anos atrás, ou mesmo com o mestre e líder com quem ele tinha andado por três anos.

Jesus tinha a aparência do Deus todo-poderoso, brilhando intensamente como

o sol, e João
ficou de joelhos
e o adorou.

— Eu sou o
Começo e o Fim
— disse Jesus. —
Eu estava morto, mas
agora estou vivo e nunca mais
morrerei. Eu venci a morte para sempre!
Seja corajoso, meu amigo João, mesmo
quando você for maltratado por minha
causa. Vai haver um tempo em que tudo
será diferente. Essa situação não vai
durar para sempre. Por um momento, vai
parecer que o mal venceu o bem, mas isso
nunca vai acontecer. O bem vencerá o
mal. Confie em mim, e você verá.

Jesus disse a João que muitas pessoas
tinham sofrido e que muitas ainda iriam

sofrer por ter confiado nele. Mas todo o sofrimento seria esquecido quando essas pessoas estivessem finalmente no céu, com Deus, vivendo ao lado dele para todo o sempre. Será um belo novo mundo.

— No céu não haverá mais dor, sofrimento nem morte. O próprio Deus vai enxugar as lágrimas dos seus olhos. Vocês nunca mais terão tristeza — disse Jesus. — Qualquer um que venha até mim será perdoado. Não vou abandonar ninguém. Qualquer um que confiar em mim vai viver no céu, comigo, para sempre.